¿Y dónde están los calcetines?

¡Hijo, ya
es hora de salir!

ELEMENTUM

los
elementales
serie

¿Y dónde están los calcetines?

DR © 2015, María Elena Ortega Ruiz, por el texto
DR © 2015, Brenda Zavala Ruíz, por las ilustraciones

DR © 2015, Editorial Elementum SA de CV
Allende 717, tercer piso, interior 3, colonia Centro, Pachuca de Soto, Hidalgo. CP. 42000

Cuidados editoriales: Mayte Romo
Diseño y diagramación: Jovany Cruz Flores
Apoyo admistrativo: Angelica Alba, Fernando Reyes, Evelin González, Martha Cervantes, Ayme Ramírez, Karla Pérez, Dante Cázares y Adriana Oliva

ISBN: 978-607-9298-21-0

Hecho en México

¿Y dónde están los calcetines?

María Elena Ortega Ruiz

Ilustración
Brenda Zavala Ruíz

ELEMENTUM

los
element al es
serie

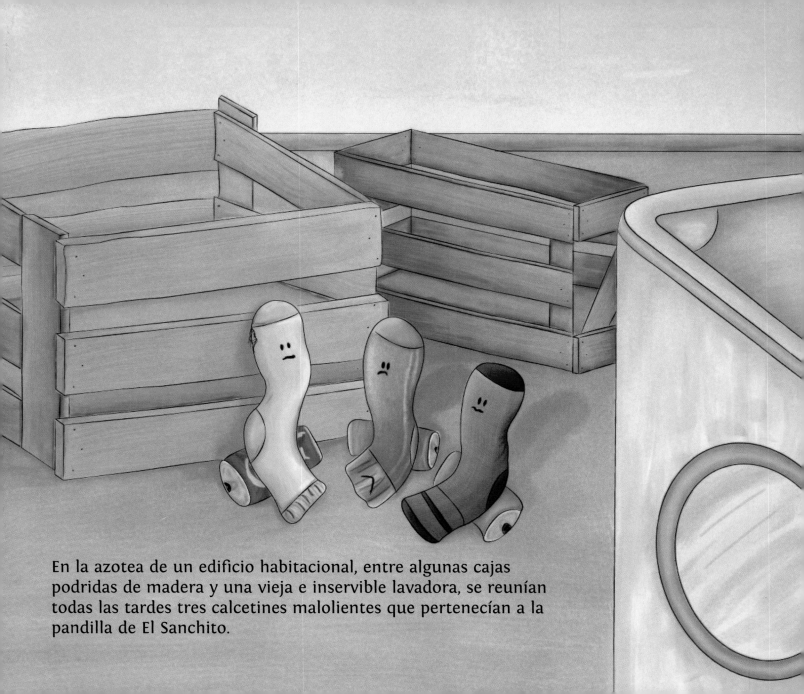

En la azotea de un edificio habitacional, entre algunas cajas podridas de madera y una vieja e inservible lavadora, se reunían todas las tardes tres calcetines malolientes que pertenecían a la pandilla de El Sanchito.

El Toc, un calcetín de lana café, siempre platicaba en las reuniones con amargo rencor del día en que lo abandonaron.

—Era una tarde en la que el viento empezó a soplar muy fuertemente. Gruesas gotas de lluvia sin piedad caían sobre los techos de las casas. Mi dueño apareció de pronto

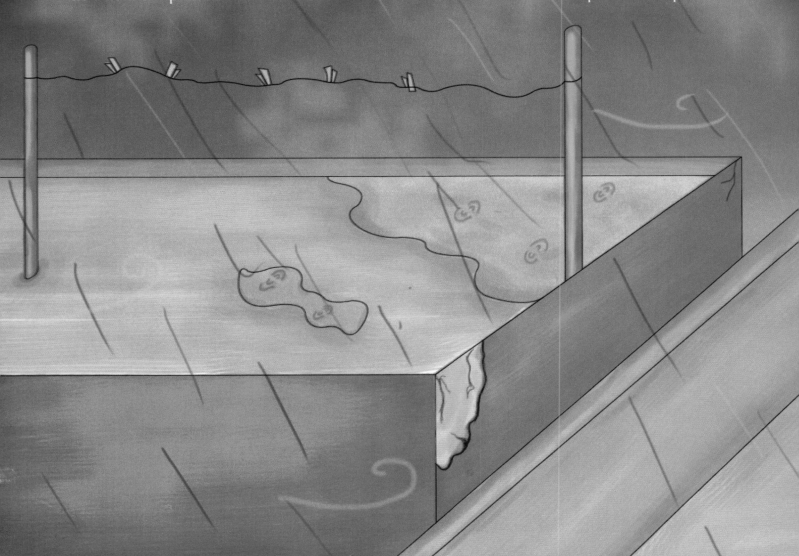

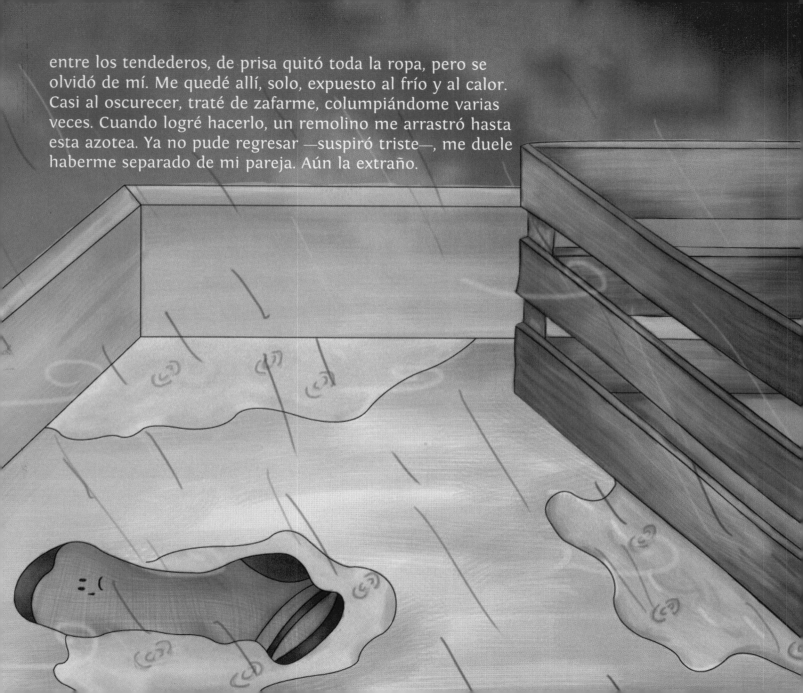

entre los tendederos, de prisa quitó toda la ropa, pero se olvidó de mí. Me quedé allí, solo, expuesto al frío y al calor. Casi al oscurecer, traté de zafarme, columpiándome varias veces. Cuando logré hacerlo, un remolino me arrastró hasta esta azotea. Ya no pude regresar —suspiró triste—, me duele haberme separado de mi pareja. Aún la extraño.

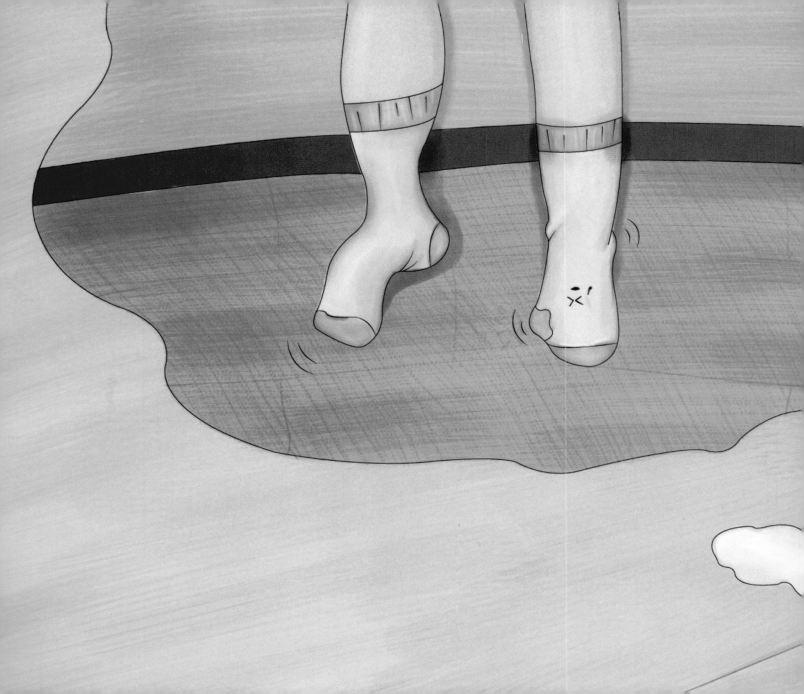

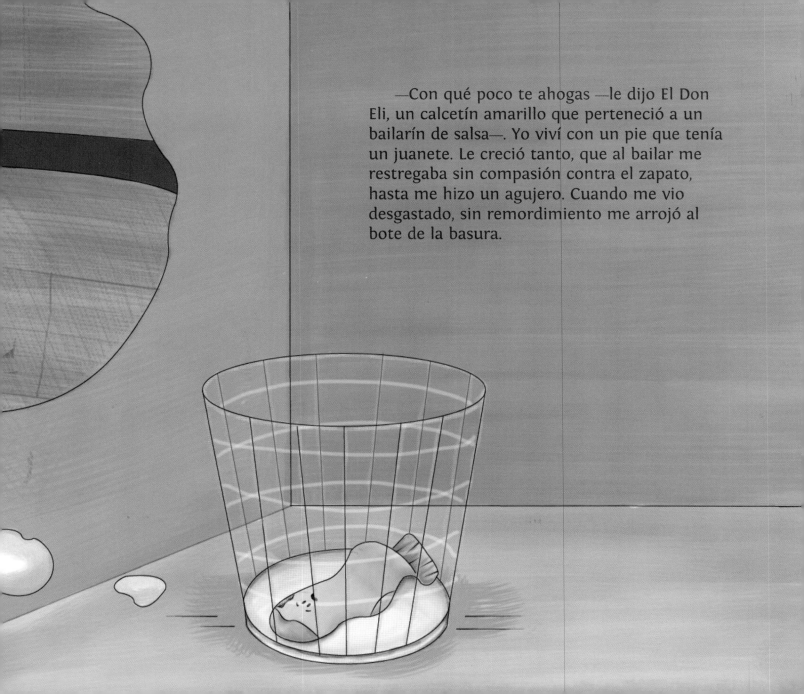

—Con qué poco te ahogas —le dijo El Don
Eli, un calcetín amarillo que perteneció a un
bailarín de salsa—. Yo viví con un pie que tenía
un juanete. Le creció tanto, que al bailar me
restregaba sin compasión contra el zapato,
hasta me hizo un agujero. Cuando me vio
desgastado, sin remordimiento me arrojó al
bote de la basura.

—Ya chillones —dijo El Niqui, un calcetín deportivo de puro algodón—, yo tenía que correr diario y escuchar el eterno lamento de una uña enterrada. Harto de sus quejidos, la presioné con fuerza para que se callara, el dedo quedó tan lastimado que el doctor le recomendó no usar calcetines por un tiempo. Me culpó del frío que debió soportar durante todo el invierno.

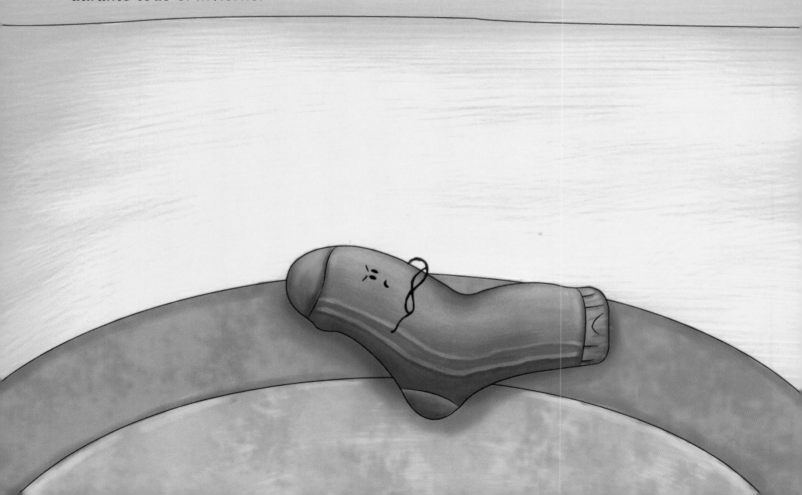

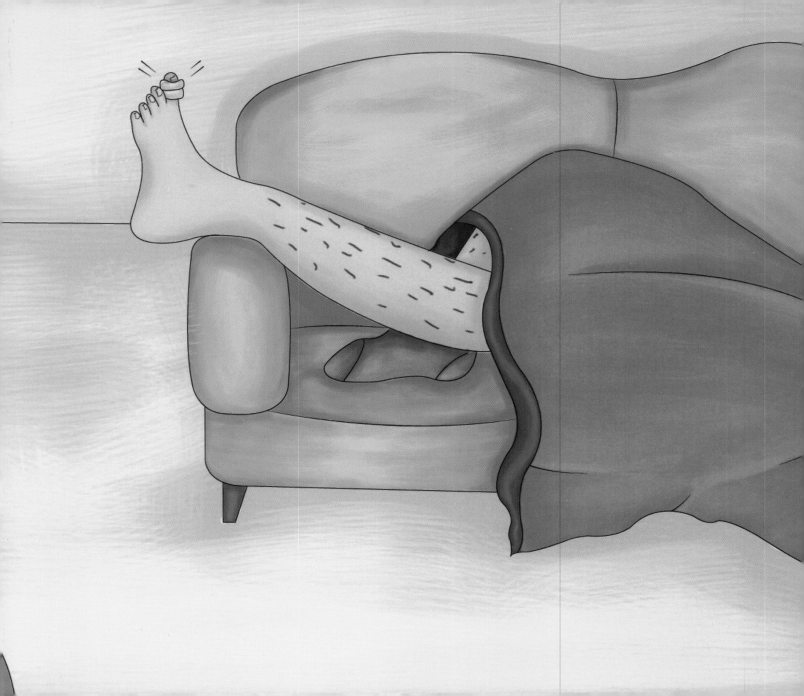

De pronto los oxidados tubos que cubren el escondite se movieron de forma intempestiva. El Sanchito hizo su arribo luciendo coloridas rayas de fibra sintética. Los calcetines de inmediato sacudieron una lata vacía de frijoles para que El Sanchito se sentara. Todos lo miraron en silencio esperando que les dijera para qué los había llamado.

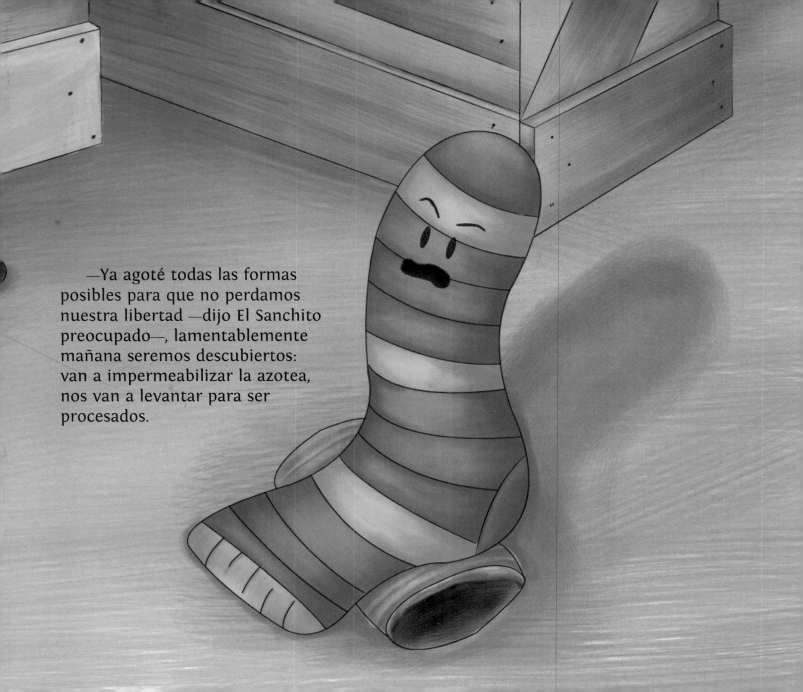

—Ya agoté todas las formas posibles para que no perdamos nuestra libertad —dijo El Sanchito preocupado—, lamentablemente mañana seremos descubiertos: van a impermeabilizar la azotea, nos van a levantar para ser procesados.

—¡Nooo! —gritaron los calcetines.

—¡Tranquilos apestosos! —replicó impaciente—.
Sólo hay una salida y es lo único que pude
conseguir. En lugar de ir a los separos del
basurero municipal, podemos ir a una casa de
rehabilitación.

—Y eso por qué, mi Sanchito, si somos
prófugos, no viciosos —preguntaron con
ansiedad.

—Ustedes deciden si prefieren pudrirse
en el basurero, o lo que les he propuesto.

Dos meses después, la pandilla de El Sanchito, junto con otros tantos calcetines, fueron sacados con una escoba de su escondite. Los metieron en la lavadora. Tendidos al sol se miraban unos a otros resignados.

—No estén tristes mis compas —dijo El Sanchito al mismo tiempo que les señalaba un calcetín colgado sobre un alambre de luz—, podríamos haber terminado como ese pobre calcitrapo.

Con desgano miraron hacia el poste de luz, donde un calcetín yacía desfallecido sobre un cable de alta tensión.

Cuando llegaron al centro de rehabilitación, algunos tuvieron que ser zurcidos. Con hábil destreza los ataron uno junto al otro, hasta crear con ellos un lienzo de tela colorida que se convirtió en cálida cobija.

¿Dónde están tus calcetines?

¿Y dónde están los calcetines?, de María Elena Ortega, editado por Elementum SA de CV, terminó de imprimirse en diciembre de 2015, en los talleres de Impresionarte, Carretera Pachuca-Tulancingo, Km. 6.5, colonia Pachuquilla, Mineral de la Reforma, Hidalgo. El tiraje consta de 500 ejemplares.